Sylvia Manzano

Lendas do Japão

Ilustrações:
Edu

*Para minha sobrinha, Lilian "Crisótis",
que sofreu a dor de perceber
que "no meio do caminho tinha uma pedra",
mas que sabe, com esperança e fé,
que "mais dia, menos dia,
voltará a alegria".*

Sumário

Hime 5

O milagre de shiro 13

O véu encantado 21

A fonte da juventude 25

A peônia 29

O homem e a montanha 33

O globo de cristal 37

Urashima-Tarô 43

HIME

Há muitos e muitos anos, vivia no Japão um casal de velhinhos, cujo maior desejo era ter filhos.

O velhinho ia todos os dias cortar bambu no alto da montanha, e depois ele e sua mulher confeccionavam lindos cestos para vender no mercado.

Um belo dia, lá no alto da montanha, percebeu uma luz que brilhava dentro de um bambu.

Aproximou-se e qual não foi seu espanto ao se deparar com uma menininha tão pequenininha, que cabia na palma de sua mão.

Mal contendo sua felicidade, tomou a menininha nas mãos e levou-a para sua casa.

Deram-lhe o nome de Hime e sentiram que agora sua felicidade era completa.

Daquele dia em diante, toda vez que o velho ia para o alto da montanha, via brilhar a mesma luz do bambu e aí encontrava, surpreso, muitas moedas de ouro. Em pouco tempo, o casal ficou rico.

Enquanto isso, Hime crescia a olhos vistos e, três meses depois, tornou-se uma mocinha tão linda, que despertou a admiração de todos os jovens do vilarejo.

A fama de sua beleza espalhou-se rapidamente e chegou aos ouvidos de cinco príncipes muito poderosos: Kuramochi, Miuki, Maro, Daigin e Miko, que foram à casa dos velhos e pediram a mão de Hime em casamento.

Inesperadamente, a moça desatou em soluços, dizendo:

– Meu pai, eu não pretendo casar-me com ninguém. Peço-lhe que os mande embora, por favor!

– Minha filha, separar-nos de você será uma tragédia para todos, mas me parece justo que você se case e, além disso, temo que os príncipes recusados resolvam se vingar de nós e de todo o vilarejo.

Hime continuou firme em seus propósitos e, confabulando com os pais, chegaram a uma ideia brilhante. Decidiram submeter os cinco pretendentes a cinco provas dificílimas.

Então, o velho voltou à presença dos príncipes e disse-lhes:

– Vossas Altezas, sinto-me honrado por tão ilustres presenças em minha casa para pedir a mão de minha filha, mas como não sei a quem escolher, decidi incumbir cada um de uma tarefa. Vossa Alteza, Kuramochi, vai me trazer um galho da árvore do tesouro que se encontra no fundo do mar do Oriente, onde vive um monstro. De Vossa Alteza, Miuki, quero as cinco pedras preciosas que se encontram no pescoço do dragão do mar. E de Vossa Alteza, Maro, uma casca de ovo de andorinha.

Distribuiu tarefas também a Daigin e Miko e concluiu:

– Aquele que cumprir sua tarefa em primeiro lugar será o esposo de minha filha.

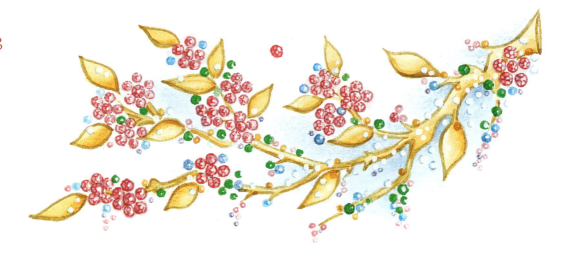

O príncipe Kuramochi voltou aos seus domínios e, como era muito preguiçoso e medroso, desistiu de descer ao fundo do mar.

Chamou os melhores ourives que conhecia e pediu que confeccionassem uma imitação perfeita de um galho de árvore do tesouro.

Três anos depois, trouxeram a Sua Alteza um magnífico galho: as folhas eram de ouro, as flores, de pedras preciosas banhadas por um orvalho de pérolas.

O mais incrível é que as flores pareciam murchar, como se realmente pertencessem a um galho cortado de árvore.

A jovem Hime, ao ver aquele tesouro, ficou muito surpresa, pois julgava ter pedido algo irrealizável.

Kuramochi já estava gabando-se de suas peripécias, quando surgiram os ourives e disseram:

– Grande Kuramochi, gostaríamos de receber o combinado, pois queremos retornar às nossas casas.

Ao ser desmascarado, Kuramochi retirou-se, morto de vergonha.

O príncipe Miuki, por sua vez, ofereceu dinheiro aos seus servos e ordenou-lhes que fossem até o fundo do mar e arrancassem as pedras preciosas do pescoço do dragão. Os servos, no entanto, fugiram com o dinheiro e ele resolveu enfrentar sozinho o dragão. Durante a viagem, ia pensando: "Será que o dragão é tão feroz como dizem?".

Ao chegar a alto-mar, uma terrível tempestade quase afundou o barco e Miuki, pensando que a tormenta havia sido provocada pelo dragão, gritava:

– Senhor dragão, perdoe-me, juro que nunca mais me atreverei a enfrentá-lo.

Finalmente, quando o mar se acalmou, Miuki retornou à sua casa e desistiu de Hime para sempre.

Enquanto isso, Maro mandava seus criados à procura da casca de ovo de andorinha, mas tudo em vão: todos voltaram com as mãos vazias.

Certo dia, ele acreditou ter visto em cima de uma árvore uma casca de ovo de andorinha e aproveitou para zombar de seus criados:

– Vocês não servem mesmo para nada! Agora me ajudem a pegar a casca do ovo e depois acertaremos as contas.

Amarrou um cesto na ponta de uma corda, fez um laço na outra ponta e lançou-o num dos galhos mais altos da árvore. Entrou no cesto e ordenou:

– Vamos, seus palermas, ajudem-me a subir!

Os servos puxaram a corda e rapidamente Maro chegou até o ninho. Introduziu a mão no ninho e, pegando alguma coisa, gritou:

– Ajudem-me a descer rápido!

Os servos obedeceram e, para fazê-lo descer mais rapidamente, soltaram a corda. O cesto precipitou-se e, com ele, Maro, que foi para o chão, levando um belo tombo.

Tão logo se refez do tombo, foi ver o que tinha nas mãos e qual não foi sua surpresa ao ver apenas os restos de um ovo comum, e não o ovo de uma andorinha.

Os outros dois pretendentes também não foram bem-sucedidos em suas tarefas e ambos acabaram por renunciar à mão de Hime.

A fama de sua beleza, porém, não parava de se espalhar e acabou chegando aos ouvidos do imperador.

Curiosíssimo, ele resolveu ir até a casa dos velhinhos para ver com os próprios olhos a moça de tão rara beleza.

Assim que a viu, gritou extasiado:

– Sua beleza ultrapassa sua fama! Gostaria que viesse comigo para o meu reino.

Hime suplicou que a deixasse com seus pais e o imperador atendeu a seu pedido.

E assim chegou a quarta primavera desde o dia em que Hime fora encontrada no bambu. A menina passou a ficar horas e horas olhando para a lua e, a cada noite que passava, sua tristeza aumentava.

Seus pais não puderam deixar de notar sua transformação e perguntaram:

– O que a entristece tanto, filhinha?

A moça respondeu:

– Eu nasci na lua e sou a rainha das ninfas celestes. O tempo que me foi concedido para ficar na terra está chegando ao fim. Quando agosto chegar, terei que abandoná-los e voltar para o céu.

O velho foi até o imperador e contou-lhe o que Hime dissera.

O imperador prometeu que seus homens a protegeriam.

Quando a fatídica noite chegou, ela foi levada para o quarto mais escondido da casa e guardada por um batalhão de soldados.

Seus arcos estavam de prontidão e suas flechas, apontadas para o céu.

À meia-noite em ponto, um clarão invadiu a casa e desceu dos céus, sobre uma nuvem branca, um batalhão de mensageiros celestes ricamente vestidos.

Os soldados do imperador tentaram retesar os próprios arcos, mas viram-se repentinamente imóveis, petrificados.

A porta do quarto abriu-se e uma carruagem parou em frente à casa. Um dos mensageiros disse aos dois velhinhos:

– Faz muito tempo que Hime está com vocês e agora chegou o momento de ela retornar ao seu reino.

E, voltando-se para Hime, disse:
– Seu dever, nossa rainha, é subir.

Os velhinhos, desesperados, suplicaram:
– Leve-nos com você para a lua, filhinha querida.

– Ah, como eu gostaria, mas aos homens da terra não é permitido ir até a lua. Fiquem com meu quimono e, todas as vezes que o usarem, eu voltarei, invisível, para vocês.

Entrou na carruagem e lentamente subiu em direção aos céus.

Os velhinhos gritavam desesperados:
– Volte, Hime! Volte! Volte!

Mas a carruagem desapareceu na imensidão do céu azulado da manhã que se aproximava.

O milagre de Shiro

Em uma época distante, em um vilarejo do Japão, vivia um casal de velhinhos muito bondosos.

Um dia, o marido foi até a montanha buscar lenha e, sentindo-se cansado, sentou-se sob uma árvore para comer seu lanche. Enquanto comia, aproximou-se dele um cão branco, magro, de aspecto horrível.

– Pobre cão, deve estar morrendo de fome. Tome! Coma isso, que é pouco, mas é tudo que tenho.

E, dizendo isso, deu-lhe o que restava do seu lanche. Depois pegou o feixe de lenha e voltou para casa, acompanhado do cachorro.

Sua mulher recebeu o animal carinhosamente e preparou-lhe um apetitoso prato de sopa. O bichinho tinha o pêlo todo branco e os velhinhos deram-lhe o nome de Shiro, que em japonês significa branco. O cãozinho engordava a olhos vistos e ficava cada vez mais bonito e mais apegado aos seus donos.

Certo dia, o velho estava trabalhando no campo com sua enxada e o cão, ao seu lado, divertia-se e pulava e corria de cá para lá. De repente, o animal endireitou as orelhas e começou a latir fortemente.

– O que você tem, Shiro? Algo o assustou? – perguntou o velhinho preocupado.

Com grande surpresa, viu que Shiro começava a raspar o terreno com as patinhas e dizia de modo quase inteligível:

– Cave aqui, au, au, cave aqui, au, au.

O velho cavava e o cão puxava a terra, até que veio à luz uma panela cheia de moedas de ouro que tilintavam alegremente.

Uma cerca de estacas dividia as terras do casal de velhinhos e as de seu vizinho, um velho avaro e egoísta, que viu o milagre realizado pelo cão e ficou vermelho de raiva.

Foi até a casa do velho e disse:

– Queridos vizinhos, eu e minha senhora somos muito sozinhos e gostaríamos que vocês nos emprestassem Shiro para nos fazer companhia.

– Pobrezinhos! Claro, podem pegá-lo – disseram os velhinhos.

Shiro seguiu os vizinhos de má vontade e, para libertar-se dos maus-tratos do velho, começou a cavoucar o terreno.

O avarento julgou estar ali o tesouro e amarrou o cão em uma planta, antes de começar a cavar com todas as suas forças.

Cavou, cavou, até que descobriu cacos de telhas, ossos, enfim tudo de mais inútil que se possa imaginar.

Indignado, o velho começou a bater no cão, que se pôs a latir desesperadamente.

O velhinho, ao ouvir os lamentos do seu cão, foi até a casa do vizinho e impediu que ele continuasse a bater no animal. Pegou-o delicadamente nos braços e o levou para casa.

Infelizmente, todos os cuidados dos velhinhos foram inúteis: Shiro morreu naquela noite.

No dia seguinte, os dois velhinhos sepultaram-no chorando e plantaram uma semente de pinheiro sobre sua sepultura. A planta cresceu rapidamente e em pouco tempo ficou tão grande que nem os braços de três homens esticados conseguiam envolver o tronco dela.

– Minha querida, este pinheiro é um milagre do nosso Shiro. Tenho certeza de que dentro dele está sua alma.

– Eu também – disse a velhinha.

Um dia, a velhinha fez a seguinte proposta:

– Lembra-se do doce de farinha de arroz de que ele gostava tanto? Por que você não constrói um enorme pilão do tronco do pinheiro para eu preparar a farinha de arroz? Depois eu faço uma grande quantidade de doce e levo-o à sepultura de Shiro.

O marido aprovou a ideia, cortou o tronco da árvore e começou a fazer o pilão. Depois de pronto, jogaram arroz dentro e começaram a socar. Uma nova surpresa os esperava: a cada golpe, o arroz se multiplicava. Aumentou tanto, que a certa altura começou a transbordar e cada grão que caía transformava-se em moedas de ouro.

O vizinho, ao saber do novo milagre, foi correndo até a casa dos velhinhos.

— Gostaria de fazer um doce de arroz e levá-lo até a sepultura de Shiro, mas acontece que não tenho pilão para preparar a farinha. Podem me emprestar o de vocês?

Os velhinhos responderam gentilmente:

— Com todo o prazer, pode levá-lo.

O avarento voltou todo contente para casa e ali chegando começou a socar o arroz. Sua mulher veio ajudá-lo, mas, quanto mais socavam, mais o arroz minguava e cada grão que caía no chão se transformava em uma minhoca. Raivoso, ele pegou um machado, reduziu o pilão a pedaços e os jogou na lareira.

No dia seguinte, o bom velhinho foi à sua casa, pedindo que devolvesse o seu pilão.

O avarento respondeu:

— Seu pilão rachou e eu o queimei. Se faz tanta questão assim, pode pegar as cinzas. Nada mais tenho para lhe dar.

Tristemente, o velho recolheu as cinzas de seu pilão e colocou-as num cesto.

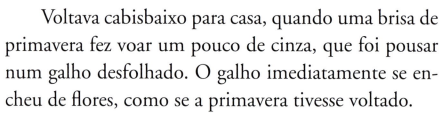

Voltava cabisbaixo para casa, quando uma brisa de primavera fez voar um pouco de cinza, que foi pousar num galho desfolhado. O galho imediatamente se encheu de flores, como se a primavera tivesse voltado.

O velho correu até o vilarejo e começou a gritar com todas as suas forças:

– Faço florir galhos secos! Faço florir galhos secos!

Um príncipe que passava, ouvindo isso, ordenou:

– Faça florir esta cerejeira.

O velho subiu na árvore, espalhou a cinza pelos galhos e logo nasceram flores maravilhosas.

– Magnífico – gritou o príncipe. – Seu poder faz florir as plantas em pleno inverno!

Como retribuição, deu-lhe de presente um saco repleto de moedas de ouro.

O vizinho avarento, ao saber do novo milagre, sentiu mais inveja ainda. Pegou um cesto, colocou nele as cinzas da sua lareira e disse à mulher:

– Alegre-se! Não pergunte nada agora, mas, quando eu voltar, você será a mulher mais rica do vilarejo.

Foi até os limites da cidadezinha, subiu em uma árvore e ficou esperando o príncipe voltar do seu passeio.

Quando ouviu um tropel de cavalos que se aproximava, gritou a todo fôlego:

– Faço florir galhos secos!

O príncipe parou, olhou o velho atenciosamente e percebeu que não era o mesmo de antes. Pediu-lhe, então, que fizesse uma demonstração.

– Vamos, faça florir esta planta.

O velho invejoso espalhou as cinzas pelos galhos da planta e nada de aparecer flores...

As cinzas, pelo contrário, voaram por toda parte e foram parar nos olhos, no nariz e na boca do príncipe.

Irritado, ele ordenou aos seus soldados que tirassem aquele velho insolente da árvore.

No chão, o velho ajoelhou-se diante do príncipe e disse-lhe, chorando:

– É Shiro que está me punindo por minha maldade. Mas, de agora em diante, serei um homem mudado. Alteza, tenha piedade de mim e deixe-me ir embora para expiar minhas culpas.

O príncipe comoveu-se com as lágrimas dele e deixou-o seguir seu caminho, sem nem ao menos tocar em um fio de seus cabelos.

E foi assim que o velho avarento cansou-se de suas más ações e tornou-se tão bom quanto seus vizinhos, que perdoaram todo o mal que ele lhes fizera.

O véu encantado

Era uma vez um pescador que vivia sozinho numa mísera casinha na praia, mas era muito feliz.

Pescava e vendia seus peixes na cidadezinha mais próxima e nada de extraordinário lhe acontecia.

A ele, bastava admirar as manchas claras e brilhantes, as águas espelhadas do mar ao entardecer, os crepúsculos dourados e vermelhos, as noites de céu salpicado de estrelas e até mesmo as nuvens baixas e negras, prenúncio de tempestades.

Um dia saiu para pescar e, enquanto lançava o anzol na água, pensou: "Que lindo dia! O mar tão calmo e azul, o céu reluzente e o verde dos pinheiros brilhando como nunca!".

Absorvido por uma visão, sentiu no ar um suave perfume. Colocou sua vara no chão e saiu atrás do aroma.

Assim que chegou ao bosque que margeava a praia, deparou-se com um véu preso entre os galhos de um pinheiro.

"Que lindo! Quero levá-lo para casa e guardá-lo como um tesouro."

Subiu na árvore, pegou o véu e cuidadosamente o colocou sobre o capim para examiná-lo com atenção.

Parecia tecido com raios de lua e de sol e salpicado de estrelas reluzentes. Era tão grande, que o cobria inteiro, e tão leve e fino, que poderia caber na palma de sua mão.

Rapidamente pretendia tomar o caminho de casa, quando surgiu da sombra de um pinheiro uma linda moça.

– Senhor, senhor! Esse véu pertenceu às ninfas celestes! É meu, devolva-o, por favor, eu lhe suplico.

Decidido a não devolver semelhante tesouro, caminhou mais rápido ainda, mas a curiosidade o fez voltar para ver a quem pertencia aquela voz tão gentil.

Viu-se diante de uma ninfa celeste, cujos cabelos negros caíam até os ombros, que vestia um quimono que parecia de prata.

Duas grossas lágrimas rolavam pelo rosto dela.

– Por favor, senhor! Eu lhe rogo, devolva meu véu, caso contrário não conseguirei voltar para junto de minhas irmãs.

Quanto mais chorava, mais bonita ela ficava. O coração do pescador se enterneceu e ele respondeu:

— Está bem, vou devolvê-lo, mas gostaria muito que você dançasse para mim.

— Dançarei, sim, mas antes me devolva o véu.

— Não, se o fizer, você voará para o céu e não dançará para mim. Não sou tão bobo como pensa.

— As ninfas celestes não mentem, senhor! Vou dançar para o senhor, mas sem o véu não posso fazer nada.

O pescador, então, devolveu-lhe o véu e ela pôs-se a dançar.

Seu corpo começou a flutuar e ela ficou suspensa no ar com o véu voejando graciosamente ao seu redor.

Do céu desceu uma chuva de flores.

O pescador sentou-se na raiz de uma árvore e, a certa altura, percebeu que ela se distanciava lentamente em direção ao alto do monte Fuji, a montanha sagrada.

Queria chamá-la, mas não conseguiu. Seus membros foram invadidos por um estranho torpor.

A ninfa continuava a subir, transpondo a névoa que envolve as encostas do Fuji até desaparecer completamente.

Uma profunda paz invadiu o pobre pescador, que parecia despertar de um belíssimo sonho. Lentamente voltou para a vara de pescar que tinha abandonado na areia.

A fonte da juventude 25

Era uma vez um lenhador muito idoso, que vivia com sua mulher, muito idosa também.

Ele se chamava Yoshida e ela, Fumie.

Moravam numa ilha sagrada chamada Niyajima, onde eram amados e respeitados. Todos admiravam a doce resignação com que aceitavam as intempéries da vida e a fidelidade do amor que sentiam um pelo outro. Eram dois anciões felizes e serenos, mas saudosos dos longínquos anos da juventude.

Pensavam: "Ah, como seria bom se pudéssemos ser jovens de novo e viver uma outra existência juntos!".

Num dia ensolarado de outono, Yoshida dirigiu-se para a floresta, pois gostaria de rever as árvores que fizeram parte de sua vida, antes de morrer.

Estranhou a paisagem que encontrou. Nunca tinha reparado no carvalho, cujas folhas, avermelhadas pelo outono, contrastavam com o forte verde dos pinheiros.

Também nunca vira aquela fonte de água tão transparente que quase chegava a ser azul.

Com sede, pegou um pouco da água com as mãos e tomou-a lentamente.

Eis que viu sua imagem refletida nas águas da fonte e notou que seus cabelos estavam negros, as rugas de seu rosto haviam desaparecido e em seus músculos nascia uma nova energia.

Transformara-se num jovem de 20 anos: aquela, então, era a fonte da juventude!

Feliz da vida, correu para casa e a velha Fumie levou um susto quando viu aquele jovem entrando feliz porta adentro.

Yoshida conseguiu tranquilizá-la quando contou o milagre que acontecera e combinaram que, na manhã seguinte, ela também iria à fonte milagrosa.

Mal esperou o sol nascer e saiu em busca da fonte de águas quase azuis, enquanto o marido permanecia calmamente esperando.

O tempo foi passando, duas, três, cinco horas, e nada de Fumie voltar. Não controlando a ansiedade, Yoshida correu para a floresta e rapidamente chegou às proximidades da fonte, não conseguindo encontrar sua mulher.

De repente ouviu um eco de um choro, talvez um animal ferido...

Aproximou-se cautelosamente da fonte e ali, às suas margens, se encontrava uma menina que aparentava ter poucos meses ainda.

Ela lhe estendia os bracinhos, com um semblante desesperado; os olhos pareciam revelar uma longa experiência, como se contivessem a lembrança de toda uma vida. Pareciam familiares, olhos que tinham chorado suas mesmas dores, sorrido as mesmas alegrias.

Entendeu que aquela menininha era sua pobre mulher rejuvenescida, que certamente tomou água além da conta, no ímpeto de possuir a eterna juventude.

Deu um suspiro,
colocou a menininha
nas costas e voltou para casa,
triste e desolado.
Agora só lhe restava
passar a vida a cuidar,
como um pai,
daquela que fora
a sua companheira.

A PEÔNIA

Na véspera de seu casamento, a princesa Aya caminhava silenciosa e triste pelo seu jardim, que tanto amava, quando ouviu um suspiro, que por um momento acreditou ter saído de dentro de si mesma.

Voltou-se e viu atrás de um arbusto de peônias, suas flores prediletas, um jovem envolto em um manto de veludo salpicado de peônias bordadas a ouro.

Surpreendeu-se com a beleza dele e mais ainda com seu olhar doce e triste, e a emoção chegou ao fundo do seu coração.

Repentinamente, o jovem desapareceu e Aya retornou lentamente para casa e disse ao seu pai que não mais se casaria com o príncipe Ako, pois estava apaixonada pelo jovem que tinha visto no jardim.

O velho príncipe decidiu adiar as núpcias e ordenou a todos os cavalheiros e servos que saíssem à procura de um desconhecido que usasse um manto de veludo salpicado de peônias bordadas a ouro.

30

Os mensageiros transpuseram montanhas perigosíssimas, atravessaram rios caudalosos e desertos áridos e percorreram planícies sem fim, em vão: voltaram para o castelo de mãos vazias.

O velho príncipe disse, então, à sua filha:

– O jovem que você viu, minha menina, não é uma criatura deste mundo, é provavelmente o espírito da peônia. É impossível casar-se com um espírito, portanto, amanhã celebraremos seu casamento com o príncipe Ako.

Só restou a Aya consentir, pois compreendeu que não poderia insistir em algo que mais parecia um capricho. Correu ao jardim e foi despedir-se de suas flores preferidas.

Ao chegar diante do arbusto de peônias, ajoelhou-se e irrompeu em soluços.

As lágrimas copiosas que caíam dos seus olhos regaram a terra e uma flor de incomparável beleza desabrochou ali.

No dia seguinte, os convidados que passavam diante do arbusto das peônias pararam para admirar a flor, mas, após a cerimônia, quando passaram por lá novamente, viram-na murchar e cair por terra.

O coração da pobre flor, não resistindo à dor de ver a princesa esposar um outro, despedaçou-se.

O homem e a montanha

Certo dia, ao anoitecer, voltava para casa um montanhês que vivia de quebrar pedras. Sentia-se dolorido pelo dia de trabalho exaustivo e, ao passar diante de uma venda, viu, atrás de um balcão, um homem gordo, de pele lisa e brilhante.

Pensou: "Ah! Bom mesmo é ser comerciante".

Nesse momento, ouviu uma voz que lhe disse:

— Então você será comerciante.

Em pouco tempo, ele também engordou atrás do balcão de venda.

Os negócios iam bem e ele gostava de ficar na porta da venda, observando as pessoas que por ali passavam.

Um dia viu passar um mandarim em sua liteira e pensou: "Bom mesmo é ser mandarim".

A mesma voz se fez ouvir, persuasiva:

— Pois você será um mandarim.

Envolto em vestes de seda, ele corria para todos os lados seguindo as ordens do Filho do Sol, o imperador.

Mesmo satisfeito com a nova vida, pensou: "Bom mesmo é ser Filho do Sol".

No ar, a mesma voz de sempre sentenciou:

– Então você vai ser Filho do Sol.

Sempre que saía do seu reino, o novo imperador se sentia castigado pelos raios do Sol.

"O Pai é mais poderoso que o Filho. Bom mesmo é ser o Sol."

– Então você será o Sol – disse a voz já conhecida.

Esplêndido, todo dourado, eis o Sol no meio do céu. Mas passa uma nuvem que o esconde.

"A nuvem é mais poderosa que o Sol. Bom mesmo é ser nuvem."

A mesma voz sussurrou:

– Então você vai ser uma nuvem.

Transformado em nuvem, flutuava tranquilamente pelo céu, quando um vento forte o dissipou.

"O vento é mais forte que a nuvem. Bom mesmo é ser vento."

A voz imediatamente se fez ouvir:

– Então você será vento.

Correu como louco, dissipando nuvens, perturbando mares, arrastando árvores, destelhando casas. Mas, ao atingir a montanha, percebeu que nada a transformava, ela continuava firme e impassível. Claro que a montanha era mais forte que o vento.

"Bom mesmo é ser montanha."

Firme e inabalável, ali estava a montanha.

Certo dia, porém, ouviu um martelar que parecia vir de suas encostas.

"Será que existe alguém mais forte que a pedra?", pensou a montanha. "Quem será?"

Olhou bem e viu um homem que martelava, martelava.
Lembrou-se de que ele também quebrava pedras e pensou: "Eu era o mais forte e não sabia."

A voz não apareceu desta vez. O homem voltou a ser o que era e passou a martelar a pedra da montanha com sua velha picareta.

O GLOBO DE CRISTAL

Há muitos séculos, existiu um poderoso senhor que se chamava Kamatari, o qual tinha uma filha chamada Kohakunyo.

Muito linda e graciosa, ao completar 18 anos, Kohakunyo casou-se com o imperador Chine-Koso, homem muito poderoso também.

Era costume na terra que as noivas, por ocasião do casamento, fizessem uma oferenda aos deuses.

Sua oferenda foi a seguinte: escolheu três objetos dentre os mais preciosos que possuía. O primeiro era um alaúde que, tocado uma única vez, faria ecoar por toda a eternidade a música que trazia dentro de si. O segundo era uma cuia de pedra na qual bastava desmanchar um pedacinho de tinta chinesa que ela nunca se quebraria. O terceiro, o mais maravilhoso de todos, era um globo de cristal que continha a estatueta de Buda.

Os três tesouros foram entregues ao general Banko, para que os levasse ao Templo de Kofukoji, em Nara.

O navio que conduzia o general já desfraldava as velas e estava quase atingindo a costa de Sanuki, quando se desencadeou uma terrível tempestade, mas o capitão do navio manejou o leme com destreza até o vento parar e o mar acalmar-se.

Quando a embarcação lançou âncora no porto, o general foi até onde estavam os tesouros e, angustiado, percebeu que o globo de cristal havia desaparecido. Acreditando que o dragão, o deus do mar, provocara a tempestade com o intuito de se apossar do tesouro, apressou-se a informar seu senhor do acontecido.

O poderoso Kamatari foi ao encontro do general Banko, levando consigo os melhores mergulhadores do reino, e disse a eles:

— Quem entre vocês encontrar o globo de cristal poderá formular qualquer desejo e será prontamente atendido.

Os mergulhadores imediatamente se atiraram ao mar, mas todos voltaram com as mãos vazias.

Foi aí que uma jovem mulher modestamente vestida se aproximou de Kamatari e mostrou que trazia entre as dobras do quimono uma criança de poucos meses ainda.

Ajoelhou-se perante ele e, timidamente, disse:

— Senhor, sou uma pescadora de conchas e conheço muito bem o fundo do mar. Permita-me mergulhar em busca do tesouro.

Quase irritado com a ousadia do pedido, Kamatari respondeu:

— Mas se meus homens, que são os melhores mergulhadores do Japão, não conseguiram, como poderia uma mulher tão delicada e frágil conseguir?

Com voz decidida, a mulher argumentou:

— Deixe-me tentar, é por meu filho que faço isso. Quero torná-lo um samurai e, com a vida miserável que levo, não poderia atingir meu objetivo.

Kamatari emocionou-se com o pedido daquela mãe e prometeu-lhe que mesmo se ela não encontrasse o tesouro, seu filho estudaria e seria um samurai.

A pescadora agradeceu com uma profunda reverência e se dirigiu à praia. Colocou o filho na areia, beijando-o carinhosamente, e depois amarrou uma corda na cintura.

Disse, então, aos pescadores:

– Assim que eu encontrar o globo de cristal, darei um puxão na corda. É o sinal para vocês me trazerem de volta à superfície.

Mergulhou e num instante estava no fundo do mar.

Procurou incansavelmente entre as algas marinhas e, de repente, viu uma estranha luz aparecer.

"É o palácio do dragão", pensou. "Certamente é aqui que se encontra o tesouro."

Ergueu os olhos e viu sobre a torre mais alta do palácio o ídolo resplandecente que o globo continha.

À sua volta, viam-se dragões e assustadores monstros marinhos. Silenciosa como uma sombra, foi até o alto da torre e apoderou-se do talismã.

Assim que ela o tocou, os monstros pularam em cima dela com suas bocas ameaçadoras e terrificantes.

Rápida como um raio, tirou um pequeno punhal da cintura e cravou-o no próprio peito, abrindo uma ferida profunda o suficiente para abrigar o precioso globo e, enquanto os monstros fugiam, rugindo, ela puxou a corda.

Os pescadores que estavam na praia perceberam que em determinado ponto a água mudava de cor, passando de azul-turquesa a vermelho-rubi.

A mulher chegou à superfície, tirou o globo do seio e encontrou forças para sussurrar:

– E meu filho?

– Seu filho será um verdadeiro samurai – respondeu Kamatari, com voz comovida.

A mulher sorriu e seu sorriso iluminou o coração de todos os pescadores ali presentes.

Urashima-tarô

Urashima-tarô era um jovem pescador, grande e forte, mas de muito bom coração.

Amava as criaturas pequenas e fracas, e, sobretudo, os animais.

Certo dia, passeando pela praia, viu um grupo de meninos maltratando uma pobre tartaruga.

Gritou para os meninos:

– Que vergonha! Que mal lhes fez este animal para ser maltratado assim?

Os moleques responderam com arrogância:

– O que você tem a ver com isso? Não é da sua conta. Nós capturamos a tartaruga e ela é nossa. Vá embora!

Urashima tirou do bolso o pouco de dinheiro que possuía e disse:

– Eu compro a tartaruga.

Não precisou falar duas vezes, os meninos pegaram o dinheiro e saíram correndo.

Urashima segurou a tartaruga, acariciou docemente o casco dela e colocou-a na água, dizendo:

– Vá, pobre bichinho, e tome cuidado para não ser capturada outra vez.

Voltou feliz para casa, embora naquele dia não tivesse o suficiente para saciar sua fome.

Alguns dias depois, pescando em seu barco, ouviu uma vozinha que chamava:

– Urashima-tarô, Urashima-tarô!

Procurou por todos os lados acreditando que estaria sonhando, mas a voz continuava:

– Urashima-tarô, Urashima-tarô!

Desta vez ele viu uma grande tartaruga nadando em sua direção.

O bichinho aproximou-se de seu barco, balançou graciosamente a cabeça e disse:

– Não me reconhece, Urashima? Sou a tartaruga que você salvou e gostaria de demonstrar a minha gratidão. Suba nas minhas costas e o levarei até o castelo do senhor de todos os mares, o poderoso dragão.

Urashima subiu mais que depressa no casco da tartaruga, que mergulhou imediatamente em direção ao fundo do mar.

Passaram por jardins enfeitados de corais vermelhos e logo avistaram os telhados pontiagudos, cobertos de telhas verdes, que contrastavam com as paredes cobertas de ágatas e pedras preciosas de todos os tipos.

A grande porta esmaltada de azul abriu-se silenciosamente diante deles.

– Estamos no palácio do poderoso dragão, senhor de todos os mares – disse a tartaruga. – Ele está à nossa espera.

Vários peixes coloridos e brilhantes vieram encontrá-los, inclinaram-se diante de Urashima e o escoltaram através de numerosos salões, chegando, finalmente, à presença do dragão.

O dragão desceu do seu trono e foi ao encontro dele:

– Então é você o homem de coração tão generoso que salvou a tartaruga? Seja bem-vindo a este reino! Você será meu hóspede durante o tempo que quiser.

Fez, então, um gesto sutil e imediatamente surgiu um pequeno cardume de peixes bailarinos, cujas barbatanas pareciam pequenas velas de madrepérola.

Maravilhado com o que via ao seu redor e com todos os habitantes do reino, que faziam de tudo para diverti-lo, Urashima não percebeu o tempo passar.

Muito tempo depois, começou a pensar em retornar à sua casa, rever seus pais e viver entre os homens novamente.

Despediu-se do dragão, que já se afeiçoara a ele e não queria de modo algum que fosse embora, mas a saudade apertou e nada mais o deteve naquele lugar.

O dragão entregou-lhe um pequeno cofre, dizendo:

– Adeus, Urashima-tarô. Leve, então, este cofre como lembrança, mas, por favor, não o abra nunca.

Urashima subiu no casco da tartaruga e voltou à praia de onde partira há tanto tempo.

Pôs-se a caminho do vilarejo e quase morreu de susto: tudo estava completamente modificado.

Vagueou pelas ruas, desesperado. Suas roupas eram antigas e as pessoas o olhavam como se fosse um objeto raro.

Completamente perdido, Urashima lembrou-se do pequeno cofre que o dragão lhe dera de presente e, esquecendo-se da advertência, abriu-o.

Uma fumaça branca o envolveu totalmente e quando esta se esvaneceu, o que apareceu foi um homem muito mais velho, de cabelo e barbas brancas.

Só então Urashima compreendeu o quanto era valioso o presente do dragão. O cofre continha uma rara preciosidade, "a eterna juventude", que ele, insensatamente, deixara escapar.

Dados Internacionais de Catalogação na Publicação (CIP)
(Câmara Brasileira do Livro, SP, Brasil)

Manzano, Sylvia
  Lendas do Japão / Sylvia Manzano ; ilustrações Edu. – 4. ed. – São Paulo : Paulinas, 2011. – (Coleção Mito & Magia)

  ISBN 978-85-356-2930-9

  1. Lendas - Japão 2. Literatura folclórica - Japão I. Edu. II. Título. III. Série.

11-11299   CDD-398.209952

Índice para catálogo sistemático:
  1. Japão : Lendas   398.209952

Nenhuma parte desta obra pode ser reproduzida ou transmitida por qualquer forma e/ou quaisquer meios (eletrônico ou mecânico, incluindo fotocópia e gravação) ou arquivada em qualquer sistema ou banco de dados sem permissão escrita da Editora. Direitos reservados.

4ª edição – 2011
2ª reimpressão – 2020

Direção-geral: Flávia Reginatto
Editora responsável: Maria Alexandre de Oliveira
Copidesque: Viviane Oshima
Coordenação de revisão: Andréia Schweitzer
Revisão: Patrizia Zagni
Ana Cecilia Mari
Direção de arte: Irma Cipriani
Gerente de produção: Felício Calegaro Neto
Produção de arte: Mariza de Souza Porto

Revisado conforme a nova ortografia

Paulinas
Rua Dona Inácia Uchoa, 62
04110-020 – São Paulo – SP (Brasil)
Tel.: (11) 2125-3500
http://www.paulinas.com.br – editora@paulinas.com.br
Telemarketing e SAC: 0800-7010081
© Pia Sociedade Filhas de São Paulo – São Paulo, 2004